莎莎的月光

SAM, BANGS & MOONSHINE

[美] 伊芙琳·尼丝 文/图

白 薇 译

二十一世纪出版社集团
21st Century Publishing Group

在一个临近港口的小岛上，有个渔夫的女儿，名叫萨曼莎，但是大家都叫她莎莎。莎莎爱玩爱闹，还总喜欢幻想。

老水手们的海上经历，还有那些发生在载着长颈鹿、沙鼠和各种新奇玩意儿的大船上的故事，也比不上莎莎所描述的一切惊险离奇、匪夷所思。

莎莎说，她的妈妈是条美人鱼，可谁都知道，妈妈早已故去。

莎莎说，她有一头凶猛的狮子和一只袋鼠宝宝，就养在家里。（而事实上，她只有一只聪明的老猫，名叫邦斯。）

莎莎甚至强调，邦斯可以开口讲话，在它想要说话的任何时候。

莎莎一会儿说这，一会儿说那，但她说什么你都千万别当真。

“那是一辆巨龙战车！”莎莎指着门口的那块破旧的地毯说。这回连邦斯听了都边打哈欠边摇头了。

这天清晨，爸爸驾船出海打鱼，要离家一整天。临走前，他紧紧搂着莎莎说：“咱们今天换个花样，只说**真事儿**，不说**月光**，月光会给你惹麻烦的。”

在爸爸看来，莎莎说的事就像月光那样，虽然很美，但却是虚幻的、不真实的。

莎莎答应了。可是她洗碗、铺床、扫地的时候，都在纳闷：爸爸说的是什么意思？她请邦斯来解释，什么是“真事儿”，什么是“月光”。邦斯跳上她的肩头，喵喵地叫：“月光就是胡思乱想，真事儿正好相反。”

莎莎断定，邦斯说的一点儿都不对。

当阳光在碎裂的玻璃窗上折射出一颗金星时，莎莎知道，托马斯要来了。

托马斯住在山上漂亮的大房子里。他有两头牛，住在谷仓里，还有二十五只羊、带筐的自行车和竖在草坪上的攀爬架。但最重要的是，托马斯相信莎莎说的每句话。

每天的这个时候，托马斯就会骑着自行车来到山下的莎莎家，请求见一见她的袋鼠宝宝。

莎莎每次都对托马斯说：“宝宝刚刚蹦出去。”让托马斯四处去找找。有时，她会说袋鼠宝宝正在拜访猫头鹰，请求托马斯爬到最高的大树上去看看。有时，她又会说袋鼠宝宝跳上了那座老风车，正在打磨晚餐的玉米粒。

“说不定呀，”莎莎说，“它正在灯塔里，给海上航行的大船提个醒。”

“也可能呀，”莎莎说，“它正在沙滩上，沐浴着暖暖的阳光睡懒觉呢。”

莎莎指向哪里，托马斯就会奔向哪里。他攀上大树，跑下台阶，又冲向海滩，却总也找不到莎莎的袋鼠宝宝。

在托马斯四处搜寻的时候，莎莎便乘上了她的战车，被巨龙带向遥远神秘的地方。

今天，托马斯一到，莎莎就说："袋鼠宝宝刚刚走，去看我的美人鱼妈妈了。她就住在大青礁背后的山洞里。"

托马斯蹬车飞驰而去，莎莎望着他穿过狭窄的海岸，在前方，一块巨大的青色礁石遥遥矗立。然后，她转身坐到自己的战车上。邦斯走出屋子，坐在莎莎身旁，扭头望着托马斯越变越小的身影，说："潮水要是涨起来，会把通往大青礁的路给淹没的。听说今天的涨潮时间会提早。"

莎莎看了邦斯一会儿，然后说："对不起，我要去月亮上玩了。"

邦斯站了起来，伸伸前腿，又踢踢后腿。它缓缓离开莎莎，朝着大青礁大步走去。

忽然间，莎莎一点儿也不想去月亮或者别的什么地方了。她就坐在战车上，一心想着邦斯和托马斯。

她想得出神，竟没发现浓密的乌云已经遮住了太阳，也没听见头顶上的雷声轰响。突然，一阵疾风卷着暴雨迎面扑来，差点儿把她掀下台阶。

莎莎冲进屋，使劲关上门。她跑到窗前去看大青礁，但是除了灰色的雨幕，什么都看不见。她想知道托马斯在哪里，想知道邦斯在哪里。莎莎茫然地站在那儿，拼命想要咽下喉头梗着的一团硬硬的东西。

昏暗的房间越来越黑。莎莎守在窗前，直到爸爸冲了进来。他的帽子嗒嗒滴着水串，他的靴子哗哗淌着水流。莎莎尖叫着扑向爸爸：“邦斯和托马斯还在外面，在大青礁上！邦斯还有托马斯在那儿！”

爸爸转身飞奔出去，他要莎莎好好待在屋里。

“但愿潮水还没淹到礁石上！”他喊道。

爸爸走了，莎莎坐下来，听着雨水敲打在铁皮屋顶上的声音。忽然，雨停了。她紧紧闭上眼睛和嘴巴，在屋里静静地等待着，仿佛要等到永远。

终于，莎莎听见了爸爸的脚步声，就在门外。她猛地拉开门，大喊一声："邦斯？"

爸爸摇摇头。

"它被水冲走了，"爸爸说，"但我找到了托马斯，他在礁石上。我用小船把他带了回来，他已经到家了，好好地躺在床上。你能不能告诉我，到底出了什么事？"

莎莎想解释，却哭得说不出话来。她哭得那么凶，爸爸好半天才明白了这一切。

最后，爸爸说："上床去吧，莎莎，但在睡觉前你要想一想，真实的事和像月光一样虚幻的事，到底有什么不一样。"

莎莎走进她的房间，慢慢爬上床。她瞪大眼睛，思考着爸爸的问题。

美人鱼妈妈、凶猛的狮子、巨龙战车，当然还有袋鼠宝宝，都是月光。就像邦斯说的，那都是胡思乱想。可是，它真的说过吗？爸爸会不会说，猫咪讲话，也是月光？

妈妈早已去世，这是真的。她只有爸爸和邦斯，这也是真的。现在，连邦斯也没了。眼泪再次涌出莎莎的眼眶，又淌进她耳朵里，弄出刺啦刺啦的声响。莎莎坐起来擤擤鼻涕。那刺啦声不在耳旁，好像是在窗外。莎莎盯着黝黑的方窗。这时，两只黄色的大眼睛出现了，正盯着她看。莎莎跳下床，打开窗，邦斯就蹲在那儿，浑身湿透，毛又乱又脏。

“啊，邦斯！”莎莎大叫，一把搂住它，吻得它无法喘息，“你去了哪里？”

邦斯简短地说道：它本来跟托马斯待在礁石上，转眼却躺在了一里外的灯塔下，是海浪控制了这一切。

“该死的水！”邦斯抱怨着，并从头到脚清洗了一番。

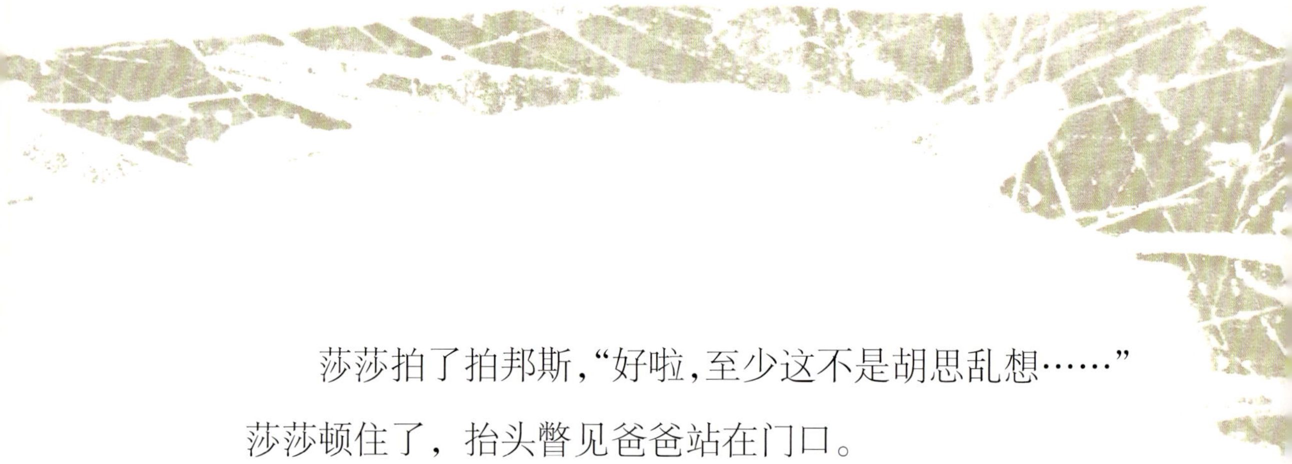

莎莎拍了拍邦斯，“好啦，至少这不是胡思乱想……”莎莎顿住了，抬头瞥见爸爸站在门口。

“看，邦斯回来了！”莎莎喊道。

“你好，邦斯！什么不是胡思乱想？”爸爸问莎莎。

“邦斯和你！还有托马斯！”莎莎回答，“哦，爸爸！我已经分清楚了真实和月光的区别。邦斯和托马斯差点儿死了，就因为我的月光。邦斯告诉了我。”

“它告诉你？”爸爸问道。

“呃，如果它能讲话，就会这样告诉我。”莎莎说。她又难过地补充道：“我知道，猫咪不能像人一样讲话，但我差不多真的相信，自己有个袋鼠宝宝。”

爸爸目不转睛地望着她。

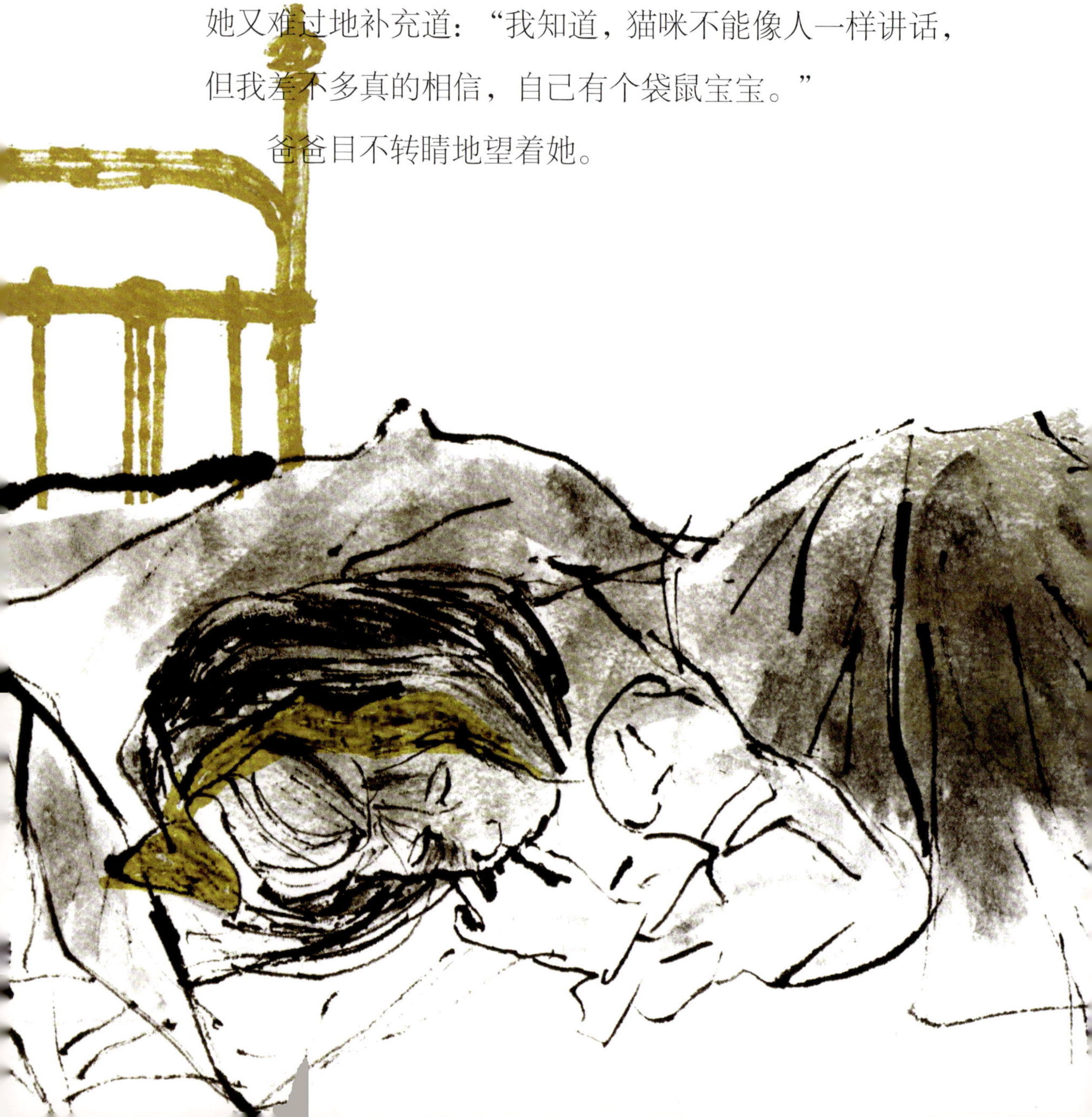

“月光有好也有坏，”他说，“关键是要分清楚。”他吻了莎莎一下，道了晚安，便走出房间。

爸爸关上门以后，莎莎说：“知道吗，邦斯？我最多只能留下我的战车了。”

这一次，邦斯没有摇头打哈欠，而是舔了舔她的手。一直等到莎莎上了床，它才蜷在她脚边慢慢睡着。

第二天早晨，莎莎睁开眼，就看到了一件令人难以置信的事。一只体态优雅、大眼睛的小家伙，踮着后脚向她蹦过来，后面拖着一条狮子般的长尾巴。在它身后，跟着邦斯和爸爸。

“袋鼠宝宝！”莎莎惊叫，“你们在哪儿找到它的？”

“这不是袋鼠宝宝，”爸爸说，“它是一只小沙鼠。我在港口的货船上发现了它。”

“托马斯总算能看见袋鼠宝宝了。”莎莎开心地尖叫起来。

爸爸打断了她的话，“别瞎想了，莎莎，这是只沙鼠。而且，托马斯今天不会来了。他病倒了，得了咽喉炎，连话都没法说。他的自行车也被暴风卷走了。”莎莎看着小沙鼠，轻轻抚摸它的小脑袋，低垂着眼睛问道：“爸爸你说，我把小沙鼠送给托马斯好吗？”

爸爸没说话，邦斯在旁边舔了舔尾巴。

突然，莎莎大声说：“咱们走吧，邦斯！”

她跳下床，蹬上鞋，抓过外套，抱起小沙鼠，冲出门去，邦斯在后面紧紧跟随。莎莎一路奔跑着来到托马斯的床前。

她小心翼翼地把小沙鼠放在托马斯的肚子上。小家伙撑着两条长长的后腿，笔直地立在那儿，目不转睛地看着托马斯，两只眼睛又大又圆。

“哇……它，它叫什么呀？”托马斯喘着粗气问道。

“**月光**。”莎莎向托马斯露出一个大大的微笑。

图书在版编目（CIP）数据

莎莎的月光 /（美）伊芙琳·尼丝文、图 ; 白薇译
. -- 南昌 : 二十一世纪出版社集团，2022.2（2024.9 重印）
ISBN 978-7-5568-6289-4

Ⅰ. ①莎… Ⅱ. ①伊… ②白… Ⅲ. ①儿童故事－图画故事－美国－现代 Ⅳ. ① I712.85

中国版本图书馆 CIP 数据核字（2021）第 229495 号

版权合同登记号 14-2013-343

莎莎的月光
SHASHA DE YUEGUANG
［美］伊芙琳·尼丝 文/图　　白　薇 译

出版人　刘凯军
责任编辑　杨芳香　　美术编辑　徐　妍
出版发行　二十一世纪出版社集团（江西省南昌市子安路75号　330025）
网址　www.21cccc.com　　经销　全国新华书店
印刷　北京顶佳世纪印刷有限公司
版次　2022年2月第1版　　印次　2024年9月第4次印刷
开本　889 mm×1194 mm　1/16　　印张　2.5
书号　ISBN 978-7-5568-6289-4　　定价　28.50元

赣版权登字-04-2021-722　　

购买本社图书，如有问题请联系我们：扫描封底二维码进入官方服务号。
服务电话：010-64462163（工作时间可拨打）；服务邮箱：21sjcbs@21cccc.com。

麦克米伦世纪童书

北京麦克米伦世纪咨询服务有限公司
北京市朝阳区光华路 SOHO2B 座 1206
邮编：100020　电话：17200314824
官方公众号：麦克米伦世纪童书